AF325200

IMPRIMERIE MAULDE et RENOU

———

MAULDE, DOUMENC & C⁽ᶦᵉ⁾

IMPRIMEURS DE LA COMPAGNIE DES COMMISSAIRES-PRISEURS

Rue de Rivoli, 144

VENTE DU JEUDI 7 JUIN 1900

ESTAMPES

EN NOIR & EN COULEUR

DES ÉCOLES FRANÇAISE ET ANGLAISE

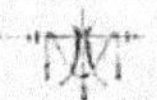

Mᵉ Maurice DELESTRE, Commissaire-Priseur

5, RUE SAINT-GEORGES

M. L. DUMONT, Expert, Marchand d'Estampes

27, RUE LAFFITTE

ESTAMPES

DU XVIIIe SIÈCLE

PIÈCES IMPRIMÉES EN NOIR & EN COULEUR

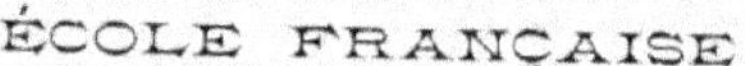

ÉCOLE FRANÇAISE

Aubry, Baudoin, Boilly, Borel, Boucher, Caresme, De Bucourt,
Fragonard, Mlle Gérard, Greuze, Lavreince,
Le Prince, Moreau le Jeune, Schall, Swebach Desfontaines,
Taunay, Van Loo, J. Vernet, Wille

ÉCOLE ANGLAISE

Bartolozzi, Benwell, Bigg, Bunbury, Cosway,
Hamilton, A. Kauffman, Morland, Peeters, Robertson, Smith,
Stodhart, White, etc.

DONT LA VENTE AUX ENCHÈRES PUBLIQUES AURA LIEU

HOTEL DES COMMISSAIRES-PRISEURS

RUE DROUOT, 9 — SALLE 8

LE JEUDI 7 JUIN 1900

A DEUX HEURES TRÈS PRÉCISES

Par le ministère de **Me Maurice DELESTRE**, Commissaire-Priseur
5, rue Saint-Georges

Assisté de **M. L. DUMONT**, Expert, Marchand d'Estampes
27, rue Laffitte.

PARIS — 1900

CONDITIONS DE LA VENTE

Elle sera faite AU COMPTANT.

Les Acquéreurs paieront CINQ POUR CENT en sus des enchères.

L'ordre du Catalogue sera suivi.

MM. les Amateurs pourront visiter la Collection chez M. L. DUMONT, *27, rue Laffitte, pendant les huit jours qui précèdent la vente, de 1 heure à 6 heures du soir.*

M. L. DUMONT *se charge des commissions des personnes qui ne pourraient assister à la vente.*

MALLET, DOUMENC et Cie, Imp. de la Cie des Commissaires-Priseurs
rue de Rivoli, 144.   600—8923*

DÉSIGNATION

AUBRY (D'après E.)

1 — Les Amants curieux, par J.-C. LEVASSEUR.
   Très belle épreuve, toutes marges.

2 — L'Amour paternel, par J.-C. LEVASSEUR.
   Très belle épreuve, toutes marges.

3 — Première leçon d'amitié fraternelle, par N. DE LAUNAY.
   Très belle épreuve, grandes marges.

4 — La Reconnaissance de Fonrose, par R. DE LAUNAY.
   Très belle épreuve, toutes marges.

5 — La même estampe.
   Très belle épreuve, toutes marges.

6 — La même estampe.
   Très belle épreuve, toutes marges.

BARTOLOZZI

7 — Caractacus king of the Silures deliver'd up to Ostorius. — Cornelia mother of the Gracchi ; deux pièces d'après HAMILTON et A. KAUFFMANN.
   Très belles épreuves imprimées en couleur, toutes marges.

BARTOLOZZI

8 — Dido — The little sleeper ; deux pièces d'après
Cipriani.

> Très belles épreuves, grandes marges.

9 — The dukes of Northumberland and Suffolk praying
Lady Jane Gray to accept the crown. — The Dowa-
ger queen of Edward the 4 th., etc. ; deux pièces
d'après Cipriani.

> Très belles épreuves, toutes marges.

BASSET (A Paris, chez)

10 — M.-Anne-Charlotte Corday tenant un poignard
dans la main droite ; trois pièces.

> Très belles épreuves, avec marges.

BAUDOUIN (D'après A.)

11 — L'Enlèvement nocturne, par N. Ponce.

> Très belle épreuve, toutes marges.

12 — Jusque dans la moindre chose ; par L.-J. Masquelier.

> Superbe épreuve, toutes marges.

13 — Perette, par H. Guttemberg.

> Superbe épreuve, toutes marges.

14 — Le poète Anacréon, par N. de Launay.

> Très belle épreuve, toutes marges.

BEAUVARLET (J.)

15 — Histoire d'Esther ; suite complète de six pièces
d'après de Troy.

> Très belles épreuves, toutes marges.

BEAUVARLET (J.)

16 — Le Jugement de Pâris. — L'Enlèvement d'Europe.
— Les Sabines ; trois pièces, d'après Luc. Giordano.
Très belles épreuves, toutes marges.

BENAZECH (Ch.)

17 — Campagne de Rome. — Pyramide de Sextius ;
deux pièces d'après Locatelli.
Très belles épreuves, toutes marges.

BENAZECH (D'après Ch.)

18 — La Liberté du Braconnier. — Le Retour du Labou-
reur, deux épreuves : ensemble trois pièces par
Ingouf le Jeune.
Très belles épreuves, marges.

BENWELL (D'après)

19 — Les Enfants dans le bois. — Impatience enfantine ;
deux pièces par Bonnefoy.
Très belles épreuves imprimées en couleur, toutes marges.

BENWELL, STOTHARD (D'après)

20 — The children in the wood ; deux sujets traités dif-
féremment, gravés par Ruotte et Delanau.
Très belles épreuves imprimées en couleur, toutes marges.

BERGHEM (D'après)

21 — Le rachat de l'esclave. — Le port de Gesnes ; deux
pièces par Aliamet.
Très belles épreuves, marges.

BERGHEM, LOUTHERBOURG, KAREL DU JARDIN (D'après)

22 — La Masure. — Le soin de la Saison. — Le Gué. —
Le rappel des chasseurs. — Jeune piqueur vénitien ;
etc., sept pièces par Pelletier. Le Veau, Laurent, etc.
Très belles épreuves, toutes marges.

BERTHAULT

23 — Scènes de la Révolution française, concernant Paris ; six pièces d'après PRIEUR. — Scènes historiques, d'après BOREL, MONNET ; ensemble, dix pièces.

Très belles épreuves, toutes marges.

BIGG (D'après WILLIAM)

24 — The charitable Lady, par GRANT.

Très belle épreuve, toutes marges.

BOILLY (L.)

25 — Grimaces et caricatures, trente-trois pièces.

Très belles épreuves coloriées, toutes marges.

BOILLY (D'après L.)

26 — L'Amant favorisé. — La Comparaison des petits pieds ; deux pièces faisant pendants, par A. CHAPONNIER.

Belles épreuves, toutes marges.

27 — L'Amant poète, par LEVILLY.

Très belle épreuve, toutes marges.

28 — L'Amusement de la Campagne. — La Précaution. La Solitude ; trois pièces par TRESCA.

Très belles épreuves, toutes marges.

29 — Le Bouquet chéri, par A. CHAPONNIER.

Très belle épreuve, toutes marges.

30 — La douce impression de l'Harmonie, par F.-J. WOLFF.

Superbe épreuve, toutes marges.

BOILLY (D'après L.)

31 — La douce Résistance, par TRESCA.

> Très belle épreuve, toutes marges.

32 — La Jardinière, par TRESCA.

> Très belle épreuve, imprimée en couleur, toutes marges.

33 — On la tire aujourd'hui, par TRESCA.

> Très belle épreuve, toutes marges.

34 — L'Optique, par F. CAZENAVE.

> Très belle épreuve, toutes marges.

BONNEVILLE

35 — Portrait de J.-P. Marat ; quatre pièces.

> Belles épreuves, avec marges.

BOREL (D'après)

36 — L'Innocence en danger, par HUOT.

> Très belle épreuve, toutes marges.

37 — La même estampe.

> Très belle épreuve, toutes marges.

BOREL et AUBRY (D'après)

38 — Le Mariage conclu. — Le Mariage rompu : deux pièces faisant pendants par R. DE LAUNAY.

> Très belles épreuves, toutes marges.

39 — Les mêmes estampes.

> Très belles épreuves, toutes marges.

BOUCHER (D'après F.)

40 — Les Villageois à la pêche, par R. GAILLARD.

> Très belle épreuve, toutes marges.

BOUCHER (D'après F.)

41 — La pesca del Crocodilo. — Chasse royale, d'après
VAN DE VELDE ; deux pièces par P. MOLES et MALBESTE.

Très belles épreuves, toutes marges.

BOUCHER, HUET (D'après)

42 — Groupes d'Enfants. — Sujets champêtres, par
AVELINE, DEMARTEAU, etc.

Onze pièces.

BUMBURY, HAMILTON (D'après)

43 — Scène écossaise. — Constantia ; deux pièces par
BAREUIL et R. GIRARD.

Très belles épreuves, imprimées en couleur, toutes marges.

CALLOT (J.)

44 — Les Misères et les Malheurs de la guerre.

Dix-huit pièces.

45 — La Tour de Nesles. — Vue du Louvre. — Sujets
religieux.

Vingt et une pièces.

46 — Les Gueux. — Les Martyrs. — Grotesques. —
Sujets divers.

Vingt-neuf pièces.

CALLOT (D'après J.)

47 — La Tentation de saint Antoine ; deux pièces, par
PICAULT.

Belles épreuves, marges.

CARESME (D'après)

48 — La petite Thérèse, par COUCHÉ.

Très belle épreuve, toutes marges.

CARESME (D'après)

49 — La même estampe.

> Très belle épreuve, toutes marges.

50 — La même estampe.

> Très belle épreuve, toutes marges.

CASANOVA, DEMARNE (D'après)

51 — La Mort du chevalier d'Assas. — La valeur récompensée ; deux pièces par P. LAURENT.

> Très belles épreuves, marges.

COLIBERT

52 — Ah ! comme ils sont intéressants : d'après FRÈRES.

> Très belle épreuve, grandes marges.

53 — La même estampe.

> Très belle épreuve, grandes marges.

54 — La Promenade. — La Rencontre : deux pièces.

> Très belles épreuves, imprimées en couleur, toutes marges.

55 — Les mêmes estampes.

> Très belles épreuves dont une en noir, toutes marges.

COPIA

56 — Scènes enfantines ; cinq pièces.

> Très belles épreuves dont deux imprimées en couleur, toutes marges.

COSWAY (D'après MARIA)

57 — Son Portrait, par J. FATOU.

> Très belle épreuve, toutes marges.

2.

59 — Que vas-tu faire ? — Qu'as-tu fait ? deux faisant pendants.

    Très belles épreuves, toutes marges.

60 — On ne passe pas, d'après CHARLET.

    Très belle épreuve, marges.

DESFOSSÉS (D'après M.)

61 — La reine Marie-Antoinette annonçant à M Bellegarde, des Juges et la liberté de son ma DUCLOS.

    Très belle épreuve, grandes marges.

DIETRICY (D'après)

62 — La Nappe d'eau. — Vue de Saxe et de Bol six pièces par BENAZECH, MASQUELIER.

    Très belles épreuves, toutes marges.

DIETRICY, HOUEL, DE LA CROIX (D'ap

63 — Les Musiciens ambulants. — Le Pêcheur. — de Naples. — Cascades de Tivoli, etc. ; six par AVISSE, DENY, LE VEAU.

    Très belles épreuves, toutes marges.

DRAX (D'après MISS)

64 — Zilia au temple du soleil ; deux pièce
LAFUENTE

Très belles épreuves à l'état d'eau-forte pure, marges.

ÉCOLE ANGLAISE

Les Compliments du Jour de l'An.

Très jolie pièce de forme ovale avant toutes lett.es, imprimée couleur, toutes marges.

Le Colin-Maillard ; deux pièces.

Très belles épreuves avant toutes lettres, imprimées en couleur, tes marges.

Rural employment.

Très belle épreuve, toutes marges.

ÉCOLE FRANÇAISE

Le Devoir naturel. — Invocation à l'Amour. — gnettes, ornements, sujets divers ; onze pièces.

belles épreuves dont dix toutes marges.

FATOU (A Paris, chez)

Mme Lebrun.

rès belle épreuve, toutes marges.

La même estampe, tirée en noir.

rès belle épreuve, toutes marges.

FRAGONARD (D'après H.)

— Dites donc, s'il vous plaît, par N. DE LAUNAY.

Très belle épreuve, toutes marges.

— L'Éducation fait tout, par N. DE LAUNAY.

Très belle épreuve, grandes marges.

— Le petit Prédicateur, par N. DE LAUNAY.

Très belle épreuve, toutes marges.

— La Fuite à dessein, par C. MACRET et J. COUCHÉ.

Très belle épreuve, toutes marges.

— La même estampe.

Très belle épreuve, toutes marges.

— La même estampe.

Très belle épreuve, grandes marges.

— La Mère de Famille, par A. ROMANET.

Très belle épreuve, marges.

— Le Contrat, par M. BLOT.

Très belle épreuve, toutes marges.

— La nouvelle du Retour, par RUOTTE.

Très belle épreuve toutes marges.

— La bonne Mère. — Le Serment d'Amour ; deux
pièces faisant pendants, par N. DE LAUNAY et

AUNAY.

Très belle épreuve, toutes marges.

S'il m'était aussi fidel, par DENNEL.

Très belle épreuve, toutes marges.

Le Temps orageux, par J. MATHIEU.

Très belle épreuve, toutes marges.

Corésus et Callirhoé, d'après DANZEL.

Très belle épreuve, grandes marges.

FRAINE (D'après J. DE)

L'Acte d'Humanité, par R. DE LAUNAY.

Très belle épreuve, toutes marges.

La même estampe.

Très belle épreuve, toutes marges.

GÉRARD (D'après Mlle)

Dors mon Enfant, par H. Gérard.

Très belle épreuve, toutes marges.

L'Espoir du retour, par H. Gérard.

Très belle épreuve, toutes marges.

La Leçon, par H. Gérard.

Très belle épreuve, toutes marges.

Très belle épreuve, grandes marges, signée au verso du
et du graveur.

97 — **La même estampe.**

Très belle épreuve, grandes marges.

98 — **La Dame bienfaisante, par Massard.**

Très belle épreuve, grandes marges, signée au verso du
et du graveur.

99 — **La Femme colère, par R. Gaillard.**

Très belle épreuve, grandes marges.

100 — **La même estampe.**

Très belle épreuve, grandes marges.

101 — **La Fille confuse, par Ingouf.**

Très belle épreuve, toutes marges.

102 — **La même estampe.**

Très belle épreuve, toutes marges.

103 — **Le Gâteau des rois, par J.-J. Flipart.**

Très belle épreuve, toutes marges.

104 — **Le Geste napolitain, par P. Moitte.**

Très belle épreuve, toutes marges.

105 — **L'Hermite, par . Marais.**

Très belle épreuve, grandes marges.

Le Malheur imprévu, par R. de Launay.

Très belle épreuve, toutes marges.

Les OEufs cassés, par P. Moitte.

Très belle épreuve, toutes marges.

La même estampe.

Très belle épreuve, grandes marges.

Offrande à l'Amour, par C.-F. Macret.

Très belle épreuve, toutes marges.

Le Paralytique et ses enfants, par J.-J. Flipart.

Très belle épreuve, toutes marges.

La même estampe.

Très belle épreuve, grandes marges.

Le Père aveugle, par L. Cars.

Très belle épreuve, toutes marges.

Les Premières leçons de l'amour, par Voyez.

Très belles épreuve, toutes marges.

Retour de Nourrice, par Hubert.

Très belle épreuve, grandes marges.

La Savonneuse, par Danzel.

Très belle épreuve, toutes marges.

GUTTEMBERG (G.)

— Expulsion des Jésuites en 1782. — Guillau
Tell ; deux pièces d'après DESRANCE et TUESLY.

HAMILTON, NORTHCOTE (D'après)

— Sorrows of Werter. — The last interview
Werter and Charlotte. — Charlotte at the tomb
Werter ; trois pièces par RUOTTE.

AMILTON, STODHARD, WEATLEY (D'apr

— Playing at marbles. — Playing at thread
needle. — Coming from school. — The fair ; qua
pièces par BARTOLOTTI et KNIGHT.

— Spinning top. — Children playing with a b
— Children with a mouse trap. — Going to sch
— Coming from school. — Playing at marbles.
The fair. — Playing at thread the needle ; huit piè
par BARTOLOTTI et KNIGHT.

HEATLEY (D'après F.-N).

— The benevolent cottager. — The motherly frig

L'Amour de la Gloire foule aux pieds les serpents
l'envie ; pièce dédiée aux soldats Français.

rès belle épreuve, grandes marges.

KAUFFMAN (D'après ANGELICA)

Les Muses couronnant le buste de Voltaire. —
ise des Nymphes. — Vénus parée par les Grâces ;
is pièces par MAUGLER, COPIA, PERROT.

rès belles épreuves dont deux imprimées en couleur, toutes
marges.

Eleonore and Edouard I, king of England. — Cléo-
ra and Meleagar ; trois pièces par PARISET et
iot.

rès belles épreuves dont deux imprimées en couleur, toutes
ges.

Abélard offering hymen to Eloïsa. — Abelard
l Eloïsa surpris'd by Tulburd ; deux pièces par
use.

rès belles épreuves imprimées en couleur, toutes marges.

Abélard offering hymen to Eloïsa. — The parting
Abélard and Eloïsa ; deux pièces, par PARISE et
lot.

rès belles épreuves en noir, toutes marges.

Persévérance. — Patience. — L'Ame innocente
ive en présence du Tout-Puissant. — L'Ame dans

134 — La partie de plaisir d'après J. Veenix.

Très belle épreuve, toutes marges.

LAVREINCE (D'après N.)

135 — L'accident imprévu. — La sentinelle en d[éfaut;]
deux pièces faisant pendants, par d'Arcis.

Très belles épreuves, imprimées en couleur, toutes marg[es.]

136 — Les mêmes estampes ; tirées en bistre.

Très belles épreuves, toutes marges.

137 — La Consolation de l'Absence, par N. de L[a]

Très belle épreuve, grandes marges.

LEBARBIER (D'après)

138 — Coriolan et Véturie. — Le combat des Horac[es. —]
Magnanimité de Lycurge ; trois pièces, par Av[ril.]

Très belles épreuves, grandes marges.

LEBRUN (D'après Ch.)

139 — Les batailles d'Alexandre par Edelink, Pic[art ;]
cinq pièces.

Belles épreuves.

LE BRUN (D'après Mme L.-E. Vigée)

140 — La Paix qui ramène l'Abondance, par P. Vi[el.]

Très belle épreuve, grandes marges.

141 — Vénus liant les ailes de l'Amour, par
[Schmitz.]

LE GRAND (P.-F.)

Anacréon réchauffant l'Amour. — Esope et Rho-
e. — Psammetichus et Rhodope, etc., quatre
es.

ès belles épreuves dont une avant la lettre, imprimées en
ur, toutes marges.

LE PEINTRE (D'après Ch.)

Récréation espagnole par A. DENNEL.
ès belle épreuve, toutes marges.

LÉPICIÉ (D'après N.-B.)

La promesse approuvée par A. F. HÉMERY.
ès belle épreuve, toutes marges.

LE PRINCE (D'après J.-B)

L'Amour de la Gloire. — Le Corps de garde ;
x pièces faisant pendants par NÉE et LEVEAU.
ès belles épreuves, grandes marges.

Le Cabaret, par R. GAILLARD.
ès belle épreuve, toutes marges.

L'Enfant chéri, par N. de LAUNAY.
ès belle épreuve, toutes marges.

e Marchand de lunettes. — Le Médecin clair-

tre ; deux pièces faisant pendants ; par R. GAI

> Très belles épreuves, toutes marges.

152 — Vue des environs de Mortagne. — Vue des
rons de Lagny ; deux pièces par LE VEAU et M.
LIER.

> Très belles épreuves, toutes marges.

LEVASSEUR (C.)

53 — La Continence de Scipion. — Les Adieux d
tor et d'Andromaque. — Sujets tirés de l'hi
d'Antiochus et d'Alexandre le Grand ; six p
d'après LE MOYNE, RESTOUT, COLIN DE VERMONT, I

> Très belles épreuves, toutes marges.

LEVILLY (J.-P.)

54 — La Rivale désabusée. — L'instant du Re
vous ; deux pièces.

> Très belles épreuves, imprimées en couleur, toutes marg

MALLET (D'après)

55 — Julie, ou le premier baiser de l'Amour
COPIA.

> Très belle épreuve, toutes marges.

MAYER (D'après)

56 — Nannette effrayée. — La danse des ours ;

MIXELLE (J.-M.)

ollicitation amoureuse de Golo, d'après TROKES.

s belle épreuve, toutes marges.

MOITTE (D'après)

chille découvert par Ulysse. — Achille trempé
les eaux du Styx. — L'Education d'Achille. —
ourse. — La Chasse ; neuf pièces par RIDÉ.

belles épreuves dont cinq imprimées en couleur, grandes
s.

MOREAU LE JEUNE (D'après J.-M.)

es vœux accomplis, par SIMONNET.

s belle épreuve, toutes marges.

MORLAND (D'après G.)

Tea garden. — St-James's Park ; deux pièces
nt pendants, par Soiron.

s belles épreuves, toutes marges.

omestic happiness. — The Elopement. — Dres-
for the masquerade. — The Tavern door. — The
ous parent. — The fair penitent. Suite complète
x pièces par Bartolotti.

belles épreuves, imprimées en couleur, toutes marges.

omestic happiness. — The Elopement ; deux

OUDRY (D'après)

165 — Le Cygne effrayé. — La Curée faite. — La
au sanglier. — La Chasse au loup ; etc. ; dix
par LE BAS et HUQUIER.

Belles épreuves.

PETÉERS (D'après de)

166 — Réprimande maternelle par CHEVILLET.

Très belle épreuve, grandes marges.

PIERRE

167 — Mascarade chinoise faite à Rome, le Carna
l'année MDCCXXXV, par MM. les Pensionnaires
de France en son académie des arts.

Très belle épreuve, très rare.

PORPORATI (N.)

168 — Vénus qui caresse l'Amour, d'après POMPÉ
TONI.

Très belle épreuve, toutes marges.

169 — La même estampe.

Très belle épreuve, toutes marges.

170 — Clorinde et Tancrède. — Agar renvoy

es belles épreuves, grandes marges.

RAOUX, LE BARBIER (D'après)

Angélique et Médor. — Les Canadiens au tom-
u de leur enfant ; deux pièces par N. DE LAUNAY
NGOUF.

ès belles épreuves, grandes marges.

REGNAULT (N.-F.)

Ah ! s'il s'éveillait. — Dors, dors ! deux pièces
ant pendants.

ès belles épreuves, toutes marges.

REMBRANDT (Par et d'après)

Portraits. Paysages. — Dix-neuf pièces.

REYNOLDS, COUSINS

La Réconciliation. — Vittoria d'Albano ; deux
es d'après STEPHANOFF et H. VERNET.

lles épreuves, marges.

RIDINGER (J.-E.)

Sujets de chasse. — Etudes d'animaux ; suite
plète de vingt et une pièces et un titre.

ès belles épreuves, grandes marges.

Chamois. — Lion. — Loup. — Ours. — Tigre ;

79 — Animaux divers; trente et une pièces.

Belles épreuves, toutes marges.

RIGAUD (D'après H.)

80 — Marguerite de Valois, Comtesse de Caylus,
J. Daullé. — Portrait de femme ; deux pièces.

Belles épreuves, dont une avant toutes lettres.

RIGAUD (D'après)

81 — Lovelace in Prison, par Bonnefoy.

Très belle épreuve imprimée en couleur, toutes marges.

ROBERT (D'après Hubert)

82 — Ruines d'anciens palais Romains, deux pièces
Saint-Non.

Très belles épreuves montées en dessin.

3 — Vue du pont des Sphynx. — Vue des princip
monuments de Rome ; deux pièces par Martin
Liénard.

Très belles épreuves, grandes marges.

ROBERSTON (D'après G.)

4 — South-East view of Windsor castle.— North-W
view of Windsor castle ; les deux pièces faisant p
dants par J. Fittler.

RUBENS, GIORDANO (D'après)

– Alliance de l'Eau avec la Terre. — L'enlèvement
'Europe ; deux pièces par Vangelisti et Beau-
arlet.

Très belles épreuves, toutes marges.

RUOTTE

– Danse des nègres dans l'Isle de St-Dominique. —
ataille entre un nègre français et un nègre anglais.
– Types de nègres et négresses ; six pièces d'après
. Brunias.

Très belles épreuves, grandes marges.

RUYSDAEL, WOUVERMANS (D'après)

– Le petit abreuvoir. — La blanchisseuse flamande.
– La pesche. — Les voyageurs ; quatre pièces par Le
s, Le Veau.

Très belles épreuves, toutes marges.

SABLET (D'après)

– Groupe de personnages au bord d'une rivière,
r Perrot

Très belles épreuves imprimées en couleur, grandes marges.

SAINT-QUENTIN

SCHALKEN (D'après)

192 — Les vierges sages et les vierges folles. —
de garde hollandais ; deux pièces par N. de I
et Malœuvre.

Très belles épreuves dont une avant la dédicace.
marges.

SCHALL (D'après F.)

193 — Le modèle disposé, par A. Chaponnier.

Très belle épreuve, toutes marges.

194 — La Conviction, par Marchand.

Très belle épreuve, toutes marges.

SCHENAU (D'après J.-E.)

195 — Les intrigues amoureuses, par L. Halbou.

Très belle épreuve, toutes marges.

SICARDI (D'après)

196 — Come la Trovate. — Oh ! che gusto ! deux
par Copia.

Très belles épreuves, toutes marges.

197 — Oh ! che gusto ! — Oh ! che boccone !
pièces, par Copia et Burke.

— La même estampe.

Superbe épreuve, toutes marges.

— La même estampe.

Très belle épreuve, en noir, toutes marges.

— A Maid. — A Widow. — What you will? trois pièces, par Levilly.

Très belles épreuves ; la première imprimée en couleurs.

— Le Moraliste, par Chapuy.

Superbe épreuve, imprimée en couleur, toutes marges.

— The moralist, par W. Nutter.

Superbe épreuve, imprimée en couleur, toutes marges.

— La même estampe.

Superbe épreuve, toutes marges.

STODHARD (D'après)

L'Inde vengée, par R. Pollard.

Très belle épreuve, grandes marges.

STODHARD, LEGRAND (D'après)

The children in the wood. — Adelaïde ; deux pièces par Lemaire et Auvray.

Très belles épreuves, toutes marges.

TAUNAY (D'après)

TENIERS, STEIN (D'après)

200 — Le trictrac. — La solitude. — Environs de D
— La collation hollandaise. — La treille ; cinq p
par LE BAS, BASAN.

Très belles épreuves, toutes marges,

TRESCA, CIPRIANI (D'après)

10 — Zélica indignée de la hardiesse du Fakir. —
happy father. — The distressed mother ; trois pi
par LEVILLY, BOILOT.

Très belles épreuves, toutes marges.

TROY (D'après J. B. de)

11 — Toilette pour le bal. — Retour du bal ; d
pièces faisant pendants, par J. BEAUVARLET.

Très belles épreuves, grandes marges,

VALPERGA, BENOIST

12 — La correction conjugale. — Bethzabée au b
deux pièces d'après A. E. G. et BOUNIEU.

Belles épreuves, toutes marges,

VANGELISTI, INGOUF

3 — La nourrice ou le bain forcé. — Les Canadiens
tombeau de leur enfant ; deux pièces d'après I
GUATESI et LE BARBIER.

Le coucher. — Le bain ; deux pièces par Porpo-
ti et Romanet.

Très belles épreuves, grandes marges.

VERNET (D'après Joseph)

Le Naufrage. — Le rocher dangereux. — La
che en eau douce ; trois pièces par Cochin, Tar-
eu, Le Veau.

ès belles épreuves, toutes marges.

Vieux fort d'Italie. — L'aqueduc italien. — Les
cupations du rivage. — La barque mise à flot ;
atre pièces par Duret, Le Veau, Le Bas, Butaud.

rès belles épreuves, grandes marges.

Vaisseau foudroyé. — Le désastre de la mer. —
mière vue des environs de Bayonne ; trois pièces
Binet, Nicollet et Le Veau.

ès belles épreuves, toutes marges.

Les naufragés. — L'onde agitée. — La tempête ;
is pièces par Cochin, Tardieu.

ès belles épreuves, toutes marges.

Les Cascades. — La Nuit. — Le Vaisseau sub-
gé. — L'onde agitée ; quatre pièces par Cathelin,

Très belles épreuves, toutes marges.

VIGNETTES

222 — Frontispice avec le portrait de Linguet. —
complète de six pièces pour « Pygmalion
EISEN ; ensemble sept pièces.

Belles épreuves.

VOLPATO, AUDRAN, FLIPART

223 — Pie VI protégeant les beaux-arts. — Evano
ment d'Esther. — Notre-Seigneur à la piscine ;
pièces d'après J. CADES, COYPEL, DIETRICY.

Belles épreuves, grandes marges.

WANTOL, POELEMBURG, BOOTT (D'apr

224 — La ménagère nordhollandaise. — Campagi
Flandre. — Courrier de Flandres ; quatre pièce
Langlois, Le Bas, Le Veau.

Très belle épreuves, toutes marges.

WARNIMONT (D'après)

225 — The fortunate complaint. — Love triump
over Reason ; deux pièces par Lafuente et Ph
peaux.

Très belles épreuves imprimées en couleur, marges.

WEENIX (D'après J.)

226 — La partie de plaisir, par N. de Launay.

WHITE (D'après)

- La peinture — Stréphon and Delia — La Douceur :
ois pièces par Philippeaux, etc.

Très belles épreuves dont une avant toutes lettres.

WILLE (J.-G.)

La liseuse, d'après G. Dow.

rès belle épreuve, marges.

Les Offres réciproques. — Le repos de la Vierge ;
ux pièces d'après DIETRICY.

rès belles épreuves, toutes marges.

tite Ecolière. — Jeune joueur d'instrument : deux
ces d'après SCHENAU et SCHALKEN.

rès belles épreuves, toutes marges.

233 — Vue représentant la façade du Château de
sailles, avec une double grille et la grande
animée de groupes de personnages.

Très joli dessin à l'encre de Chine rehaussé d'aquarelle.

234 — Composition allégorique avec un grand nor
de figures.

Très beau dessin à l'encre de Chine.

235 — Vierge et enfant. — Portrait de Voltaire. — Jo
de guitare. — Paysage.

Quatre dessins à la sepia, au crayon et à la plume.

236 — Sous ce numéro seront vendus quelques
non catalogués.

RED. :

21

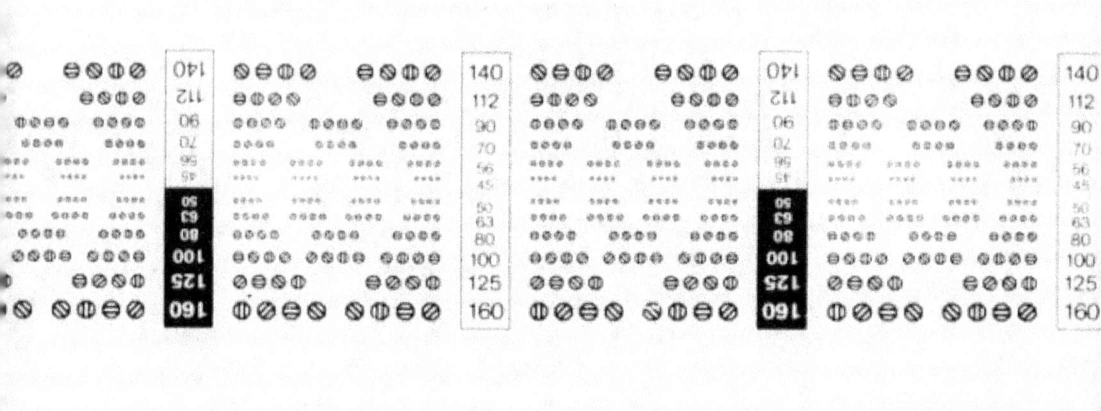